RÊVE D'AVENIR

EXPOSITION UNIVERSELLE PERMANENTE

Établissement modèle
D'INSTRUCTION & D'ÉDUCATION ATTRAYANTES,
intégrales & professionnelles.

PAR

ZIM

Prix : **60** centimes.

CLAMECY

Imprimerie A. STAUB, rue du Grenier-à-Sel,

1897

RÊVE D'AVENIR

PAR

ZIM

Novembre 1896.

Aux Lecteurs.

Les articles qui suivent ont paru dans le Clamecycois.

Grâce à la bienveillance du Directeur de ce journal, nous avons pu les réunir en un modeste fascicule.

Nous réclamons l'indulgence de nos lecteurs pour certaines redites, qui sont la conséquence obligatoire de cette publication morcelée, faite quelquefois à de longs intervalles.

Nous la réclamons surtout pour notre prose, et pour nos idées, crayonnées à grands traits, par une plume trop inexpérimentée pour un si vaste sujet.

Puisse néanmoins Rêve d'Avenir devenir bientôt une Réalité !

Z.

RÊVE D'AVENIR

I

Un Clou pour l'Exposition.

Coulanges-sur-Yonne.

Je lis, depuis longtemps, dans les journaux, qu'on expose et qu'on cherche des Clous pour l'Exposition de 1900.

Je puis en indiquer un, qui serait d'une grande simplicité dans son ensemble, mais assez compliqué dans ses détails.

On achèterait, dans le voisinage de Paris, ou dans l'un des départements voisins, un vaste terrain, de dix à douze — ou plutôt de douze à quinze — kilomètres de diamètre. On placerait au milieu une immense Tour Eiffel, d'un kilomètre de hauteur. On construirait tout au tour, un certain nombre de *Calottes-Sphériques*, d'au moins un kilomètre de rayon, qui représenteraient la France, l'Europe, l'Asie, l'Afrique, l'Amérique-Nord, l'Amérique-Sud, le Pôle-Nord et le Pôle-Sud, avec reliefs proportionnels exagérés.

Dans et sur chacune de ces Calottes, on installerait, d'une façon permanente, animaux, minéraux, végétaux exotiques — habitants autochtones, avec leurs industries, leurs costumes, leur langage et leurs mœurs.

L'Univers entier y serait ainsi représenté, et les Français, contrairement à leur habitude, deviendraient Pantiglottes — pourraient du moins le devenir — sans se beaucoup déranger.

Du haut de la TOUR-KILOMÉTRIQUE, artistement dessinée, mais non semblable à un cierge, chacun pourrait, au moyen d'une lunette grossissante, faire, en quelques minutes, le *Tour du Monde* — et Jules Verne serait enfoncé !

Les intervalles des Calottes seraient agrémentés, à la mode française. Ils seraient hospitaliers pour toutes les nations.

On aurait ainsi une véritable EXPOSITION UNIVERSELLE PERMANENTE, — et il n'y aurait plus besoin de Consuls à l'étranger, pour élucider les questions industrielles et commerciales, dont nos concitoyens, dans un minime espace, auraient, chaque jour, tous les éléments sous les yeux.

Une Société, au capital du nombre de millions nécessaires, se mettrait sans retard, avec le concours du Gouvernement et de la Ville de Paris, à la tête de cette entreprise, et elle en retirerait, dans un avenir un peu éloigné, mais perpétuel, des bénéfices considérables — des millions annuels — suffisamment rémunérateurs.

On prendra le temps nécessaire pour ce gigantesque travail. — Si une surface de quinze kilomètres de diamètre n'était pas suffisante, on en mettrait davantage. — Si elle était trop grande, on la diminuerait. — Evidemment, on fera d'abord l'ensemble pour l'Exposition, et l'on ajournera certains détails, impossibles à parfaire immédiatement.

Dès la première année du siècle prochain. les visiteurs de l'Exposition de Paris y verseront des millions, pour bienvenue.

On y édifierait un ETABLISSEMENT MODÈLE D'INSTRUCTION ET D'EDUCATION ATTRAYANTES, intégrales et professionnelles, qui, peu à peu, avec moins d'ampleur, se multiplierait, se fractionnerait, dans les départements, suivant les convenances locales.

Quand seront trouvés, *par des Expériences multiples et variées*, la note, les procédés de l'Instruction, éducative, économique et morale, l'Harmomie communale, — la Commune-Modèle — sera fondée.

Et le problème de la Dilection altérutrique (*Amour réciproque*), — de l'Harmonie sociale universelle — sera bien prêt d'être résolu.

Cette œuvre, même inachevée, serait immédiatement une « Great Attraction » — et plus tard, un fameux agent de progrès en toutes choses.

L'Exposition universelle de Paris servira de témoin à celle que nous proposons.

Cette Exposition officielle, qui vise au progrès, est baséo sur les principes de l'*Egoïsme-Exclusiviste*, — le seul connu aujourd'hui, — qui engendre fatalement les innombrables Fléaux, que nous voyons chaque jour se dérouler sous nos yeux.

La nôtre deviendra alternativement Effet et Cause do l'*Egoïsme-Dilectif*, — de la Dilection Altérutrique (c'est la même chose). — Elle produira, en Bienfaits, cent pour un, et clora le Cycle de l'Evolution sociale à son apogée.

Ainsi compris, ainsi dirigés, notre *Exposition permanente* et notre ETABLISSEMENT D'EDUCATION ATTRAYANTE — c'est la *Question sociale* dans son ensemble — c'est la question sociale dans ses innombrables détails — c'est la question sociale qui menace de tout engloutir,.... rapidement et pacifiquement résolue.

Et c'est, à notre avis, le plus convenable — peut-être le seul ! — moyen de la résoudre.

Notre Etablissement d'Education et notre Exposition — notre CLOU SOCIAL fera, à propos, une entrée de bonne augure dans le Siècle prochain. — Lui, seul, contient dans ses flancs, — lui, seul, redisons-le, aura la puissance d'instaurer, dans l'avenir, — la Paix et le Bonheur de l'humanité.

Quel champ d'activité ! Quelle Gloire pour la France !

ZIM.

RÊVE D'AVENIR

II

L'Instruction attrayante et la Commune modèle.

Nous plaignons, de tout cœur, l'écrivain infortuné qui porte sa prose au bureau d'un journal.

Quand il est, comme nous, inconnu, inexpérimenté, le rédacteur en chef et le metteur en page, sont pour lui de vrais Croquemitaine. Il les voit sans cesse, une paire de ciseaux à la main, comme la Parque Atropos, coupant, rognant sans pitié, sous prétexte de longueur excessive, le fruit de sa pensée, qu'il eut tant de peine à produire.

Pour éviter cette cruelle amputation par une main étrangère, il l'a fait souvent lui-même — et quelquefois, il fait une sottise.

C'est ce qui nous est arrivé dans notre CLOU POUR L'EXPOSITION.

Nous y émettions, sinon des théories nouvelles, du moins des théories n'ayant pas cours aujourd'hui, et qu'il eut fallu quelque peu développer.

Nous avions affirmé que l'*Instruction attrayante* conduirait à la COMMUNE-MODÈLE ; mais, pour rester bref, nous avions négligé de donner des preuves à l'appui.

Nous ne voulons critiquer ici, par le menu, ni l'Instruction, ni l'Education d'nnées par l'Etat. Ce serait trop long. Nous voulons simplement signaler un seul des vices considérables qui existent dans l'Instruction officielle.

L'Ecole primaire abandonne complètement à eux-mêmes ses enfants, à l'âge de treize ou quatorze ans, après les avoir munis d'un Certificat d'études. Ils deviennent alors ce qu'ils peuvent. Un certain nombre d'entre eux, malgré les prescriptions de la loi, ne vont même jamais à l'école.

Quant aux privilégiés, l'Instruction secondaire des Collèges et des Lycées les bourre de grec et de latin, d'anglais ou d'allemand, et leur ingurgite un stoc laborieusement indigeste de connaissances littéraires et scientifiques, souvent inutiles, et bientôt oubliées, ou de théories professionnelles sans aucune sanction pratique.

Puis, elle aussi, les abandonne à l'âge critique, à dix-sept ou dix-huit ans, pour les jeter, ignorants et vaniteux, dans l'arène de la *Lutte pour la Vie*, — dont ils ne connaissent ni les points forts, ni les points faibles — où les professions manuelles seront antipathiques au plus grand nombre — où, soit la bureaucratie, soit les jeux de bourse, seront pour beaucoup le seul idéal ; — elle les abandonne, déclassés qu'appellera souvent la Misère et le Désespoir... quelquefois le Bagne ou la Mort.

Nous ne sommes point un Pétroleux ; nous exécrons ces scélérats. Nous ne sommes pas davantage un Révolutionnaire ; mais nous appelons, de tous nos vœux, la propagande par le fait.

Notre propagande, à nous, consiste, pour éviter toute révolution, tout pétrolage, tout mitraillement dans l'avenir, à engager nos concitoyens à faire, dès maintenant, dans le voisinage de Paris, une EXPOSITION UNIVERSELLE PERMANENTE, — elle consiste à y annexer un Etablissement modèle d'Instruction et d'Education attrayantes, intégrales et professionnelles.

Nous ajoutons encore qu'elle consiste à étudier, dans cet Établissement Modèle, sans parti pris à l'avance, mais scientifiquement et pratiquement, les meilleurs moyens de résoudre pacifiquement les difficultés de la *Question Sociale*, qui menacent de tout bouleverser.

Elle consiste à prendre, pour sujets d'Etude, les déshérités de ce monde, *les Enfants assistés de la Ville de Paris*, choisis, moitié parmi les filles, moitié parmi les garçons, — et cela, dès leur naissance, avant qu'ils soient faussés par une Education antérieure, — nous voulons dire, avant qu'on leur ait inculqué les principes et la pratique de l'*Egoïsme-Exclusiviste*.

Dans les triangles extérieurs, restés libres, entre la périphérie du terrain destiné à notre Exposition, et les *Calottes-Sphériques* représentant les diverses parties du monde, sans oublier l'Océanie, on installerait autant d'Établissements modèles qu'il y aurait lieu, et l'on jetterait partout

entre eux, des germes d'Emulation féconde
et de Rivalité.

Ces Établissements morcelés, comme les
diverses chambres d'un palais, — comme
les plats variés d'un festin, — feraient un
bloc unitaire, un tout harmonique, tout à la
disposition de tous.

Des bâtiments convenables pour l'Agriculture, l'Industrie, l'Instruction proprement dite, y seraient édifiés, intelligemment,
largement garnis d'un mobilier éducatif,
conforme aux besoins croissants des enfants,
depuis le jour de leur entrée, jusqu'à leur
intégrale Instruction.

A l'origine, et successivement, semaine
par semaine, on y introduirait les privilégiés, choisis — autant que ces choses peuvent se préjuger dès la naissance — parmi
les plus beaux, les plus forts, les plus
intelligents et les plus affectifs.

Inutile d'ajouter qu'au préalable, tout
serait préparé — vigoureuses nourrices,
médecins, surveillants, vastes chambres
confortables et bien aérées, etc., — pour
les « Nursery », pour les « Pouponistères »
modèles de chacun de ces Etablissements.

Les premiers vagissements de nos orphelins auront, pour berceau, les merveilles de notre Exposition permanente.

Leurs oreilles entendront, chaque jour, les idiomes de l'univers entier, et ils pourront apprendre successivement, même sans jeter les yeux sur une Grammaire, à converser avec dix peuples différents, en dix fois moins de temps qu'on en met aujourd'hui, pour leur apprendre à lire une langue étrangère qu'ils ne peuven. parler.

Nous citerons ce seul exemple de la rapidité centuplée des progrès que feront, en se jouant, nos futurs élèves. Un volume ne suffirait pas à exposer les innombrables bienfaits de notre Education nouvelle.

Dans toutes les branches de cette Education, des professeurs d'élite, remplis d'Emulation, jaloux de faire valoir la supériorité de leurs méthodes personnelles, seront attachés à chacun de nos Etablissements morcelés. Ils dirigeront les premiers pas de leurs élèves, en toutes choses, et ne les abandonneront que lorsqu'ils pourront voler de leurs propres ailes.

Les directeurs, professeurs et tous les employés devront considérer ces élèves comme formant une seule famille. Ils auront pour but de former des Ouvriers du corps et de l'esprit, intelligents, honnêtes, doués d'une grande vigueur, et de leur donner à tous une moyenne d'Instruction convenable, qui les rende passionnés pour le Travail productif.

A cet effet, ils auront sans cesse à l'esprit, qu'une bonne Education doit tendre :

1° A faire éclore, dès le plus bas âge, les Vocations d'instinct des enfants,

2° A appliquer chacun d'eux aux diverses Fonctions auxquelles la nature le destine,

3° A les entraîner, par voie d'attraction, à l'Instruction et au Travail utiles,

4° A développer chez eux un Essor proportionnel à leurs facultés,

5° A porter leur Corps et leur Esprit à toute leur perfection,

6° A faire en sorte qu'ils se fassent eux-mêmes, en toute liberté, des Hommes bien élevés, honnêtes et dévoués à leurs concitoyens.

Dans un article prochain, nous montrerons le lien évident, indiscutable, qui existe entre notre *Etablissement d'Education attrayante* et la Commune-Modèle.

ZIM.

RÊVE D'AVENIR

III

L'Instruction attrayante et la Commune modèle.

Le cerveau des enfants est un miroir qui reçoit fidèlement toutes les impressions qu'on lui donne.

Si on leur communique, dès l'origine, de bons *Sentiments Dilectifs*, avec une bonne Instruction, à la fois théorique et pratique, littéraire et scientifique, artistique, hygiénique, gymnastique et momentanément militaire, agricole et industrielle, etc., dans un milieu attrayant que rien ne viendra pervertir, on est en droit d'espérer qu'on formera rapidement, non seulement d'excellents Ouvriers, mais des Hommes de bien et de bons Citoyens — jamais perturbateurs de la Société, — dans lesquels l'armée trouvera des soldats déjà préparés à son dur labeur.

Si ces Elèves circulent, dès leur plus tendre enfance, au milieu de notre Exposition permanente,

— Si, au lieu de les abrutir d'immobilité, de pensums, de retenues, on leur offre, comme encouragement, les mille récompenses attrayantes qu'il sera toujours facile de leur procurer,

— Si des Professeurs expérimentés, bien. veillants et dévoués, savent stimuler leur Curiosité et leurs divers Instincts, qui, tous peuvent être dirigés vers le Bien, — s'ils savent les intéresser, les passionner pour les merveilles de l'Exposition permanente,

— s'ils savent utiliser leur esprit d'Imitation et de Rivalité, leur besoin de Création et leur surabondante Activité,

Il est certain que chaque Elève suivra la voie que lui ont tracée la Nature et sa Vocation ;

— Il est certain que le moindre des Pupilles de la Ville de Paris recevra une Education telle que jamais les fils de nos anciens Roys n'en ont reçu de pareille ;

— Il est certain qu'il sera démontré par

les faits que l'Instruction et le Travail, ainsi présentés, donneront cent fois plus rapidement des résultats plus avantageux et plus économiques que par les procédés actuels.

Il semble probable, qu'à l'exemple et avec le concours de notre Etablissement modèle, il se créera, peu à peu, dans les départements et les communes, des Etablissements de moindre importance, pouvant s'appliquer à tout le monde, et donner, suivant les ressources et les convenances locales, plus ou moins de développement, soit au côté littéraire et scientifique, soit au côté pratique et industriel.

On arrivera ainsi graduellement à relever pour tous le niveau de l'Instruction — à relever la Vigueur corporelle d'une génération qui semble s'affaiblir — à donner une impulsion énergique au Travail et à l'Enrichissement général.

On arrivera aussi à étouffer, peu à peu, dans leurs germes de redoutables Fléaux.

Si les Directeurs de cet Etablissement nouveau, plus logiques, plus intelligents que l'Etat, veulent compléter leur œuvre, au lieu d'abandonner prématurément leurs

Elèves aux incertitudes d'une existence souvent orageuse, ils les conserveront jusqu'à l'intégral achèvement de leur Instruction — ils les conserveront jusqu'à ce qu'ils fassent eux-mêmes Souche de braves gens et d'honnêtes citoyens.

Les conséquences dernières viendront d'elles-mêmes.

Parmi ces conséquences, nous entrevoyons la possibilité, nous dirons même la certitude, de créer, dans le siècle prochain, la COMMUNE-MODÈLE, c'est-à-dire une Commune où n'existeront plus ces luttes déplorables, aujourd'hui trop fréquentes, entre les patrons et les ouvriers — entre les différentes classes de la société — souvent même au sein de la famille ; — une Commune dont tous les membres n'auront que des relations amicales et affectueuses, basées sur les mêmes intérêts.

L'industrie moderne avec les chemins de fer et son outillage perfectionné, ne peut fabriquer économiquement, avantageusement ses produits, et soutenir la concurrence universelle, qu'avec le concours du Capital, du Travail et du Talent d'un grand nombre de personnes. Pour que tout le monde reçoive une légitime satisfaction, il est nécessaire qu'une certaine Solidarité, qu'une certaine Association règne entre tous.

Il sera donc inutile de développer chez nos élèves des sentiments conservateurs très légitimes, par un Egoisme étroit, exagéré — par l'*Egoïsme-Exclusiviste* — qui serait nuisible à leurs intérêts.

Il sera préférable de leur montrer que, *dans la Lutte pour la Vie*, leur Egoisme se fera une meilleure part, s'ils ont le bon esprit de *s'Associer pour la Lutte*.

Il sera encore cent fois préférable de leur montrer qu'il se fera une part cent fois meilleure, s'ils ont le sens supérieur de se *Réciproquement Diliger*.

Zim.

RÊVE D'AVENIR

IV

La Dilection Altérutrique.

Nous élevons la Dilection réciproque — la *Dilection altérutrique* — L'ALTÉRUTRISME, pour tout dire en un mot — à la hauteur du *Principe suprême*.

La Dilection est plus que l'Amour ; — c'est l'Amour dilectif — l'Amour avec prédilection, avec une certaine préférence en faveur d'autrui. C'était l'idée fondamentale, — c'était, en langue latine, le mot favori de Jésus-Christ.

La nuance est délicieuse et féconde en heureux résultats.

Malgré certaines apparences, momentanément contraires, la Dilection est essentiellement humaine.

Quel plus grand bonheur !... quelle plus grande volupté que d'*Aimer*..., que de se *Dévouer* pour ceux que l'on aime ! C'est le rêve — c'est l'idéal — c'est, nous le répétons, le *Principe suprême* — c'est la suprême aspiration — c'est l'espérance de tous !

Ceux qui disent le contraire se calomnient eux-mêmes, et calomnient la Nature humaine avec eux. Ils se calomnient et calomnient l'Humanité ceux qui disent que l'homme, — sous l'influence d'un prétendu péché originel, ou d'une animalité atavique — est une brute incorrigible, qu'il faut mener par la crainte salutaire du garde champêtre, du gendarme, du bagne, de l'enfer ou du bourreau.

Il faut n'avoir jamais aimé les caresses d'un chien — le parfum d'une fleur — le sourire d'un enfant — pour dire ces choses.

Ainsi parlent tous les Despotes !

Ces gens-là ne connaissent que l'homme élevé, dès sa naissance, dans un milieu social, à base d'*Egoïsme-Exclusiviste*. Observateurs superficiels, — prenant des apparences fugitives, mensongères pour des principes, pour des vérités éternelles — prenant des habitudes momentanément vicieuses pour une seconde nature — ils rejettent, à tout jamais, sur la Nature humaine, qui est *Bonne*, les vices d'un Milieu social transitoire qui est *Mauvais*, et qu'on peut modifier.

L'HOMME EST UN LION DILECTIF, *qu'un enfant, qu'un sourire, qu'un fil de soie rose peut conduire au Bonheur, dans un* MILIEU ATTRAYANT ET BIEN ORGANISÉ.

La Dilection sommeille en ces malheureux égarés, qui ont des yeux et qui ne savent pas voir. — Elle attend ; voilà tout ! Elle attend... et elle éclora, pour eux, dans un Bon terrain, quand ce Bon terrain sera préparé.

Pour que cette Dilèction devienne un agent d'Harmonie, il est indispensable qu'il y ait *Altérutrisme*, c'est-à-dire *Réciprocité*.

(Nous donnons au mot *Altérutrisme* trois acceptions différentes :

Ici, dans le sens étymologique, primitif, le plus restreint, il signifie : *Réciprocité ;*

Dans son sens général, indiqué plus haut : *Dilection réciproque ;*

Et par extension, il signifiera : ORDRE SOCIAL *basé sur la Dilection réciproque*).

La *Question sociale* n'est point dans le Scrutin de liste, ou dans le Scrutin uninominal — elle n'est pas dans une ou dans deux Chambres — elle n'est pas dans le

Suffrage restreint ou dans le Suffrage u.ti-
versel — elle n'est mémo pas entro la
République ou la Monarchie.

Avant l'âge de vingt ou vingt-cinq ans,
nos petits Pupilles de la Ville de Paris
riront, de bien grand cœur, de ces choses
futiles — de cos immenses cercles vicieux,
insolubles dans le milieu social actuel —
qui font l'objet des méditations les plus
sérieuses de nos grands politiciens d'aujourd'hui.

La Question sociale est dans l'ALTÉRU-
TRISME. — Elle est là seulement, et non
ailleurs.

Nous aimons mieux la République que la
Monarchie. Mais — République ou Monarchie — trouvera-t-on, ou ne trouvera-t-on
pas un FONDATEUR POUR L'ALTÉRUTRISME ?

« That is question ».

L'Altruisme est une excellente chose. L'Altérutrisme en est une cent fois préférable.

Littré nous apprend que l'Altruisme est
un terme de philosophie — qu'il est un
ensemble de penchants bienveillants —
qu'il est opposé à l'Egoisme — que ce mot
est dû à A. Comte — que son étymologie
est *Autrui* (du latin *Alter*).

Si l'Altruisme est un terme connu de philosophie, l'Altérutrisme est un terme encore inconnu de philosophie pratique.

Si l'Altruisme est un mot dû à A. Comte, l'Altérutrisme est un mot dû à Jésus-Christ.

Si l'Altruisme est un ensemble de penchants bienveillants, l'Altérutrisme est un ensemble de penchants dilectifs, manifestés par la Réciprocité.

Son étymologie est le mot latin *Alteruter* (l'un l'autre).

ET DILIGAMUS ALTERUTRUM, *sicut dedit mandatum nobis* : tel fut le mandat de Jésus, d'après l'apôtre Jean (I Joan, III, 23).

On dit vulgairement en français : « Aimez-vous les uns les autres. » C'est mieux que cela. Cela veut dire, nous le répétons : « Aimez-vous les uns les autres, avec dilec-« tion, avec prédilection, avec préférence « en faveur d'autrui. »

La langue française n'est pas assez riche (cette lacune est logique) pour rendre en un seul mot, cette nuance délicieuse, chrétienne, inconnue aujourd'hui, qui sera la note de l'avenir : « DILIGEZ-VOUS ALTÉRUTRIQUEMENT ».

Ce dernier adverbe, d'origine latine, est,

malheureusement, un peu trop rébarbatif pour être francisé.

Se Diliger sera accepté plus tard, sans difficulté. Dans une certaine limite, il appelle la Réciprocité.

Nous espérons néanmoins qu'ALTÉRUTRISME et DILECTION viendront en leur temps. Ils auront alors un sens identique.

On place souvent fort mal ses affections altruistes. On ne saurait mal placer sa Dilection altérutrique, puisqu'il y a Réciprocité.

C'est l'Altérutrisme seul qui est l'opposé pratique de l'Egoïsme, pris dans son mauvais essor, dans son mauvais sens. A. Comte ne s'est pas élevé assez haut.

L'Altérutrisme est supérieur à la Solidarité, parce que la Solidarité présuppose l'Egoïsme-Exclusiviste.

C'est donc l'ALTÉRUTRISME qu'il faut fonder.

Hors de là, pas de Salut !

ZIN.

RÊVE D'AVENIR

V

L'Harmonie communale
et l'Harmonie universelle.

Dans les premiers articles de notre *Rêve d'Avenir*, nous demandions la création d'une *Exposition universelle permanente*, à laquelle serait annexé un *Etablissement modèle d'Instruction et d'Education attrayantes, intégrales et professionnelles*.

Notre but était — il est encore — de fonder la COMMUNE-MODÈLE, afin de réaliser les dernières conséquences qu'elle peut comporter.

C'est une question d'*Economie Sociale*, qui n'est pas insoluble. Nous la soumettons à nos Economistes, s'ils veulent s'abstraire un instant de leurs vieux préjugés. Ils pourront l'étudier pratiquement, à loisir, sans périls pour la Société, dans les huit ou dix Etablissements d'Instruction attrayante, annexés à notre Exposition permanente.

Si elle est bien étudiée, si elle est bien résolue, les Pupilles de la Ville de Paris, élevés dans ces Etablissements, transformés en *Communes-Modèles*, trouveront morstrueux, dans vingt ans, qu'on ait jamais pu dire :

« Le Sang nous réunit ;
« L'Intérêt nous sépare. »

C'est dans ces Communes, seulement, que l'Amour, l'Honneur et l'Argent seront toujours d'accord.

Les fondateurs de l'Exposition permanente et des Etablissements éducatifs annexés, voudront donc achever leur œuvre, et s'élever jusqu'à la *Commune-Modèle*.

Ils auront alors la noble mission d'étudier à loisir, avec ou sans les Economistes précités, et de résoudre cette grande, cette suprême question de L'HARMONIE COMMUNALE PAR L'INSTRUCTION ATTRAYANTE.

L'Harmonie Communale — la Commune-Modèle, — c'est la pierre angulaire de *l'Edifice social.*

Nous souhaitons ardemment que sa réalisation soit l'honneur du Siècle prochain.

Si elle est menée à bon port, si elle vient à se généraliser :

— Ce sera la fin des guerres fratricides, des Révolutions, des mille Fléaux qui nous désolent aujourd'hui ;

— Ce sera la Création pacifique de la Richesse par tous et pour tous ;

— Ce sera l'avènement des Destinées heureuses de l'Humanité.

La Commune-Modèle sera la Résurrection Sociale, le Relèvement et la Vie.

L'Harmonie Communale, seule, sera — *seule,* elle peut être — le premier pas vers l'Harmonie universelle.

Elle sera le couronnement de l'Edifice, par la Liberté, l'Egalité, la Justice, la Richesse et la Paix, obtenues, au moyen de *l'Instruction attrayante, de la Dilection réciproque,* de la Fraternité, qui — alternativement, Cause et Effet, Effet et Cause — seront engendrées à leur tour.

Ainsi sera clos le Cycle humanitaire à son apogée, par un Cercle fermé. — On ne saurait aller plus loin, ici-bas.

L'Egoisme-Exclusiviste — le seul, nous

l'avons déjà dit, que nous connaissons —
le seul que nous pratiquons aujourd'hui —
c'est la Mort.

Nous vivons dans la Mort — il faut
Ressusciter !

Si les Fondateurs de l'Exposition universelle permanente, plus intelligents que
l'Etat, persistent jusqu'à la fin, leur Etablissement d'Instruction attrayante, sera un
inestimable Joyau — le Joyau de la Résurrection, *s'il est lancé dans la* Voie Dilective.

S'ils échouent, ils auront l'Honneur d'é-
chouer dans une noble entreprise.

ZIM.

RÊVE D'AVENIR

VI

Il faut faire Grand. — Appel à la Presse.

Nous pensons que la RÉGÉNÉRATION SO-
CIALE, rêvée par nous peut se faire aujour-
d'hui ; — nous pensons que le moment le
plus opportun est venu de la faire ; — mais
nous pensons également qu'elle ne peut
réussir, d'une façon certaine et sans trouble
pour l'Ordre établi, que si l'on y consacre,
sans hésiter, une somme d'argent considérable, centralisée sur un seul point, qui
serait la MATRICE *féconde* la RÉSURRECTION.

Ici, comme dans un Concert d'Harmonie,
une maigre musique, chichement économi-
sée, ne saurait charmer nos oreilles.

Ici, comme à la Guerre, les petits paquets
ne sauraient donner la Victoire.

De même qu'en Agriculture, on ne saurait obtenir une convenable fermentation avec quelques bottes seulement de paille amoncelées côte à côte, — de même ici, dans l'Ordre social, les tentatives partielles d'Harmonie, qu'elles soient éducatives ou pratiques, sont vouées à un insuccès relatif, à cause de leurs faibles moyens d'action. Comme résultat final, elles seront, dans leur étroite sphère, fatalement entachées d'*Egoïsme exclusiviste*. Elles ne peuvent donc être que défectueuses, imcomplètes et prématurées.

Palliatifs momentanés, plus ou moins bons, des vices de notre Organisation sociale actuelle, elles ne donneront et ne peuvent donner, très laborieusement, à leurs adhérents, qu'un bien-être incertain et sans expansion — quelques avantages individuels, peut-être... jamais le bien-être de tous.

Nous sommes, d'une façon relative, partisan des Sociétés coopératives de Production et de Consommation ; — nous sommes partisan de la Participation des Ouvriers aux Bénéfices des entreprises qu'ils enrichissent de leur Travail ; — nous sommes partisan des Associations Ouvrières..., etc.

C'est un commencement de mise en pratique du principe d'Association, qui est une Puissance d'Economie sociale, dont chacun recherche, à bon droit, les avantages. A ce titre, ces tentatives ont toutes nos sympathies. — Mais leur mise en pratique est dangereuse et côtoie un dangereux précipice.

En vertu de la Loi d'Attraction, qui veut que les petites Masses soient attirées, absorbées par les Masses plus importantes, — en vertu de la Loi d'Habitude, qui nous a bercé, dès l'enfance, dans l'Egoisme-Exclusiviste — nous craignons que ces tentatives partielles soient bientôt, elles aussi, attirées, absorbées dans le Gouffre ambiant de cet Egoisme ; — nous craignons qu'un jour prochain elles aient tendance à dévier de leur origine, — à subir, dans leur sein, la loi du plus Fort, du plus *Habile*, du plus Egoiste qui devient volontiers le plus Malhonnête !

— Voyez toutes les Grandes Associations..., toutes les Grandes Administrations d'aujourd'hui ! — Où vont les principaux Bénéfices ?

A ces tentatives partielles qui côtoient un redoutable écueil, cent fois, mille fois, nous préférons notre projet, qui organise un centre puissant d'ATTRACTION DILECTIVE.

Nous savons, il est vrai, que toutes ces tentatives partielles ont, en général, l'oreille du public et celle de nos organisateurs les plus dévoués ; mais nous ne saurions, quant à nous, les proposer comme exemples définitifs à nos concitoyens ; — nous ne saurions davantage les proposer comme moyen transitoire pour arriver à mieux faire. Elles ne contiennent pas un AVENIR HARMONIQUE en potentialité dans leurs germes.

Tout autre est notre projet. Ses conséquences dernières ne peuvent être que fécondes en heureux résultats pour chaque membre de l'Humanité.

Mais, pour atteindre le But, IL FAUT FAIRE GRAND, *du premier coup !*

Quelle que soit notre confiance — nous dirons même notre certitude — dans l'Avenir Harmonique que nous pensons devoir résulter de la création d'un Etablissement modèle d'Instruction attrayante, lancé dans la Voie Dilective, nous reconnaissons volontiers que certaines conditions laborieuses doivent être, au préalable, remplies pour assurer le succès.

La première condition est de *Populariser l'Idée.*

La deuxième est de *La Mettre en pratique.*

Il faut donc le concours, soit alternatif, soit simultané, de la Presse et de la Finance, ces deux puissants leviers, sans lesquels rien de vraiment Grand n'est possible.

Les obtiendrons-nous l'un et l'autre ?

A tout Seigneur, tout Honneur ! — Commençons par la Presse.

La Presse est indispensable pour Populariser.

Elle est l'avant-garde du Progrès...

Mais chacun entend le Progrès à sa façon. — Or, nous croyons que notre façon de l'entendre n'est pas à l'ordre du jour. — Première difficulté qui n'est pas de minime importance, et que nous ne pourrons surmonter qu'avec le concours de la Presse.

La deuxième difficulté n'est pas moindre. — Nous ne sommes pas de taille à soutenir seul le poids de la lutte contre les mille

préjugés des Immobilistes, des Impossibi-
listes, des Timorés, des Ignorants, des
Satisfaits, des Egoïstes, etc., que la moindre chose nouvelle épouvante. — Le concours de la Presse nous est encore· ici
nécessaire, pour les convertir..., du moins
pour essayer de le faire.

Dans la Presse, on se querelle, on se
combat volontiers, sans merci, pour des
Idées politiques et religieuses. — Notre
intention est de laisser de côté la Politique
et la Religion, dont les dissensions intesti-
nes contiennent en germe d'effroyables
Fléaux. Nous ne voulons nous occuper que
de questions Economiques — de questions
Morales — et de questions Affectives.

Sur ce terrain, nous n'hésitons pas à prier
tous les Organes de la Publicité de nous
prêter leur concours bienveillant, sous la
forme qu'ils jugeront la plus convenable,
pour populariser notre projet — lui acqué-
rir les sympathies du public — pour en
critiquer les parties défectueuses — pour
rechercher, indiquer les meilleures voies,
les meilleurs moyens de le réaliser.

Afin d'atteindre ce but, nous l'avons dit,
il faut Faire Grand du premier coup.

Une somme d'argent considérable sera donc nécessaire. Il faudra qu'une société d'Actionnaires-Fondateurs, sérieux et dévoués, se mette à la tête de l'entreprise.

Prévoyant le cas où une Loterie nationale serait autorisée à réunir une partie de ces fonds, nous demandons, dès maintenant, aux dévoués de la Presse, de vouloir bien, à titre gracieux, en propager les billets. Moyennant une augmentation de un, deux, ou trois francs, par abonnement trimestriel, elle apporterait son contingent annuel, qui serait ainsi fourni par les lecteurs, sans grever le budget des journaux. On pourrait, chaque année, offrir aux abonnés, comme rémunération, une série de lots proportionnés à l'importance des sommes réunies.

L'apport pécuniaire de la Presse serait des plus sérieux s'il était généralisé ; mais son concours moral serait non moins précieux.

Il est incontestable que la plus grande partie des colonnes des journaux quotidiens doit être consacrée aux chroniques du jour, aux faits d'intérêt actuel, national, local, scientifique. littéraire, etc.

Cependant, ne pourrait-on y insérer aussi, de temps en temps, quelques vues, quelques

études préparatoires sur des questions so-
ciales, dont la solution intéresse l'Avenir,
alors surtout que ces questions ne sont
point encore populaires, quand il est possible, quand il est probable qu'elles présen-
teront un intérêt considérable pour tous.

De ces études, résulterait une discussion
féconde. Si la lumière jaillit du choc des
Idées, le public sera bientôt mis à même de
s'éclairer sur le point de savoir où doivent
aller ses intérêts.... où doivent aller ses
sympathies. — Est-ce à l'Egoisme Exclusiviste et ses innombrables Fléaux? — Est-ce
à l'Egoisme Dilectif et ses innombrables
Bienfaits?

Poser ainsi la Question, c'est la Résoudre.

Beaucoup diront, sans doute, que notre
projet n'est qu'une Utopie, c'est-à-dire une
chose Irréalisable.

Utopie, soit! — Combien d'Utopies sont
aujourd'hui des Réalités! — les chemins de
fer, la photographie, le télégraphe, le télé-
phone, etc. — Utopies hier!... aujourd'hui ils
sont au service de tous!!

Combien plus malléable, combien plus
précieuse, la Dilection qui sommeille, en

nous, et qui n'appelle de tous ses vœux, qu'un Bon Terrain, pour éclore!

Le plus beau rôle de la Presse serait de prendre l'Initiative, — de Préparer le terrain, — de hâter la Solution du Problème!

Voilà pourquoi nous sollicitons toute Sa Bienveillance, non pas pour nous, qui ne sommes rien, — mais pour notre Rêve d'Avenir, qui est tout... qui est tout, parce qu'il sera fécond — parce qu'il ne peut pas ne pas être fécond — en heureux résultats, dans un avenir peu éloigné... dans le courant du Siècle prochain..., au plus tard, dans le Siècle suivant.

Quelques Siècles de plus ou de moins, c'est peu de chose.

Les Empressés diront qu'attendre si longtemps les Bienfaits de la Dilection réciproque, c'est bien long. — Nous leur répondrons que, depuis le commencement du monde, l'Humanité ne les a jamais trouvés dans l'Egoisme exclusiviste, *entretenu dans les Mœurs par la Légalité.*

« Nous leur dirons encore qu'il faut
« d'abord planter un bon arbre — dans un
« bon terrain — le bien éduquer — pour

« qu'il fructifie.

« C'est surtout par une bonne Education
« que le problème sera résolu. »

Notre conviction est absolue.

Notre projet, seul, contient dans ses flancs,
le Germe attractif de la DILECTION QUI FÉ-
CONDE ET ENGENDRE LA VIE.

Lui seul est assez puissant pour absorber,
pour détruire l'influence néfaste, mortelle,
du milieu ambiant.

Il faut organiser l'ALTÉRUTRISME, c'est-à-
dire un ORDRE SOCIAL BASÉ SUR LA DILECTION
RÉCIPROQUE.

Hors de là (nous le répétons)..., HORS DE
LA, PAS DE SALUT !

Nous espérons donc que la Presse voudra
bien consacrer, de temps à autre, quelques
lignes favorables à notre projet, pour le
populariser, pour lui gagner des adeptes et
des sympathies, pour le mener à bon port,
dans l'Intérêt général.

Plus tard, elle aussi, en recueillera cent
pour un, lorsque ses journaux favoris cir-
culeront par centaines de millions d'exem-
plaires dans l'Univers entier.

En outre, elle aura l'Honneur d'avoir

préparé la Voie du plus beau Rêve qu'on puisse Réaliser.

Zim.

RÊVE D'AVENIR

VII

Le Terrain. — Son organisation.

Dans un premier article intitulé : *Un Clou pour l'Exposition*, nous avions dit « qu'on achèterait dans le voisinage de Pa- « ris, ou dans l'un des départements voisins, « un vaste terrain de dix à douze — ou plu- « tôt de douze à quinze — kilomètres de « diamètre ; — qu'on placerait au milieu « une immense Tour Eiffel, d'un kilomètre « de hauteur — et que l'on construirait tout « autour un certain nombre de *Calottes- « Sphériques*, d'au moins un kilomètre de « rayon, qui représenteraient les diverses « parties du Monde. »

Et plus loin nous ajoutions « qu'on y « édifierait un Etablissement modèle d'In- « struction et d'Education attrayantes, in- « tégrales et professionnelles. »

Nous avons, dit cela en quelques lignes seulement, pour rester bref. — Et voilà qu'aussitôt certaines personnes timorées... certaines personnes qu'effraie toute nouveauté... qui trouvent tout impossible, avant même d'en connaître les moindres détails, s'écrient dans une touchante unanimité :

« Vous demandez une chose impossible ;
« — votre projet est beaucoup trop gran-
« diose. — Croyez-vous qu'on pourra ache-
« ter ainsi, à l'amiable, une masse aussi
« considérable de propriétés morcelées ? —
« Il faudrait une expropriation forcée qui
« ne sera point accordée. — Votre projet
« est mort-né, dès l'origine — etc. »

Nous reconnaissons bien volontiers avoir eu tort d'écrire qu'on achèterait le terrain nécessaire. Toutefois, nous n'avons pas dit qu'on l'achèterait, laborieusement, en détail, pour en réunir les parcelles primitivement isolées.

Il existe, croyons-nous, en France, des terrains — surtout des terrains boisés — assez vastes pour fournir, en un seul bloc, la surface que nous ambitionnons : la forêt de Fontainebleau, la forêt de Compiègne, par exemple, qui appartiennent à l'Etat, et sont traversées par un chemin de fer les reliant à Paris.

Il existe encore d'autres forêts considérables — celles d'Orléans et cent autres plus ou moins importantes, soit domaniales, soit particulières — qu'on pourrait utiliser, après les avoir étudiées.

Nous regrettons néanmoins de n'avoir pas dit qu'on se procurerait le sol dont il s'agit, à un titre quelconque.

Est-ce qu'un Département, plus intelligent que les autres, ne pourrait faire un sacrifice énorme pour faciliter cet acte de possession... et centraliser chez lui les incalculables avantages d'un tel voisinage ?

Il mettrait à son actif la chance de former un jour, dans son sein, une immense Commune-Modèle remplie d'attraits, pouvant faire une victorieuse concurrence à Paris. Il deviendrait bientôt le second Département de France... et mieux, peut-être, plus tard. — Qui le sait ?

Le choix du terrain regardera le Comité-Directeur, ou ses délégués. Il présentera, à coup sûr, certaines difficultés, à cause de l'installation des *Calottes-Sphériques*, dont nous avons parlé — Calottes, qui auront, au moins, un kilomètre de rayon, et qui représenteront les diverses parties du Globe.

Nous donnons ici, dans quelques-unes de ses grandes lignes seulement, un aperçu, largement crayonné, de la manière dont elles pourront être agencées, si l'on trouve un terrain qui s'y prête.

Rien de plus simple pour la superficie. Grâce aux données géographiques actuellement connues, elle imiterait approximativement la configuration générale des Parties représentées : — leurs terres arables, leurs villes principales, leurs steppes, leurs déserts, leurs forêts... sauf à modeler, avec un relief exagéré, les fleuves, les accidents, les montagnes, les glaciers les plus importants. — On prendra le temps nécessaire pour perfectionner ce travail.

De place en place, des espaces convenables y seront consacrés à la vie réelle des Habitants, des Animaux, des Plantes, à leur culture et aux divers Produits de chaque Région, dont la physionomie locale sera ainsi reproduite.

Après avoir donné, à loisir, des divers étages de la *Tour-Kilométrique*, de son point culminant — ou même plus haut encoro... du haut du *Ballon-Captif*, fixé sur son sommet — un coup d'œil ravi sur l'ensemble de cet *Univers en Miniature*, aperçu comme un Rêve dans un vague lointain, les Visiteurs, redescendant sur la Terre, pourront, à une moindre distance, admirer en détail chacune de ces Contrées, dans un panorama plus étroit, rempli de mouvement et de vie.

Supposons établi, à une hauteur convenable (à 5, 10, 15 ou 20 mètres, par exemple, suivant les circonstances) un ensemble de petites *Passerelles*, accrochées à de menus fils de fer, gracieusement suspendus dans l'espace, comme une immense toile d'araignée :

Nos Visiteurs, du haut de cette promenade aérienne, enchanteresse, verront, en flânant, sans fatigue, défiler, sous leurs yeux émerveillés, toutes les Richesses de la Création :

— Les innombrables Végétaux des Forêts, des Jardins, et leur flore admirable, toujours variée... toutes les Plantes utiles à l'Agriculture, que nous pourrons acclimater ;

— Les Animaux terrestres, en leur pays.

d'origine (les lourds Eléphants, les Panthè-
res bondissantes, les Singes, les gracieuses
Gazelles..., la Frégate aux ailes gigantes-
ques, l'imperceptible et charmant Colibri...
etc.) ;

— Ceux des Fleuves et de l'Océan (la
Baleine, les Phoques, les Hippopotamos, les
Crocodiles, le Poulpe flasque et multicolore,
les Dorades aux reflets chatoyants... etc.).

Ils verront ainsi tous les Animaux, qui
parcourent la Terre, du Pôle à l'Equateur,
vivant en liberté, dans de larges espaces,
intelligemment aménagés, prudemment clô-
turés..., sauf à remplacer par des statues,
par des dessins, ou autrement, ceux qu'on
ne pourrait se procurer.

Ils verront la Mer, ses vaisseaux, ses pê-
cheurs, ses glaciers, ses aurores boréales,
ses effroyables tempétes..., etc.

Ils verront encore défiler devant leurs
yeux, les types de tous les Habitants-Au-
tochtones (les Noirs, les Mulâtres, les Cui-
vrés, les Jaunes, les Blancs..., les Sauvages,
les Civilisés..., etc.) vivant là, comme dans
leur pays natal, avec leurs industries, leurs
sciences, leurs arts, leurs habitations, leurs
costumes pittoresques, leurs langages et

leurs mœurs. — Ils y seront tous, les hommes, les femmes, les enfants, occupés, causant, vivant, travaillant, comme chez eux.

Ce sera, pour tous les Visiteurs, un instructif et perpétuel enchantement.

Ajoutons encore (bien que ce soit inutile) que les espaces restés libres, au pied de la *Tour-Kilométrique*, seront hospitaliers pour tout le Monde. Largement dessinés, en vastes jardins, ils seront décorés en mode confus, mais sans confusion, par les plantes ornementales les plus dissemblables, par les constructions les plus variées. Les Serres-Glaciales du Pôle-Nord y feront antithèse aux Serres-Brûlantes de l'Equateur... .etc..., etc. Elles tiendront compagnie aux Palais pittoresques, aux Produits les plus intéressants des Nations trop à l'étroit dans leur lieu d'origine.

Si du haut de la *Tour-Kilométrique*, il faut dix minutes pour faire le TOUR DU MONDE *dans son Ensemble*, — il faudra une journée, à peine, pour le faire, *par Région*, du haut de nos *Passerelles*, sans nul danger, dans un Panorama féerique, dans un RÊVE-RÉALITÉ, toujours nouveau.

Que d'Etudes fécondes pour les Linguistes, les Philologues, les Mythologistes, les Ethnologistes, les Economistes, les Moralistes, les Artistes, les Scientifistes..., etc. — pour tous les Savants — pour les Sages !

Le moindre élève de huitième, après quelques promenades charmantes, sur nos *Passerelles*, connaitra dix fois plus de Géographie et d'Histoire naturelle..., il aura acquis, sur toutes choses, cent fois plus d'idées ingénieuses et pratiques, que s'il avait, pendant dix ans, usé le fond de ses culottes, sur les bancs officiels des Collèges et des Lycées dirigés par l'Etat.

... Nos pupilles s'y promèneront tous les jours ! — Tous les jours, toute leur vie, ils pourront visiter les Richesses du Monde entier... dans des Monuments qui ne seront point Ephémères. — Tous les jours, ils y recevront les leçons des professeurs les plus intelligents, les plus dévoués !

Quelle Intégralité d'Instruction ! — Quelle attrayante..., quelle effrayante Rapidité, dans leurs Progrès incessants !

Avis aux Organisateurs des Promenades Scolaires — de toute la France — pendant tout le cours do l'année — pendant lo cours des Siècles futurs !

Quel Livre immense à feuilleter, pour tous — « LE LIVRE DE LA VIE UNIVERSELLE » — dans ce modeste Coin — dans ce beaucoup trop modeste *Coin central d'*UNIVERSELLE ATTRACTION !

Une vie entière ne suffira pas pour tout voir, pour tout apprécier.

ZIM.

RÊVE D'AVENIR

VIII

Le Terrain. — Ses Bénéfices.

Outre l'*Exposition Permanente*, consacrée à *l'Instruction* et à *l'Agrément* des Visiteurs, il conviendra d'organiser aussi une partie plus spécialement réservée AU COMMERCE ET A L'INDUSTRIE — nous voulons dire un IMMENSE ENTREPOT, dans lequel viendra se centraliser, pour être vendue, une réserve des types principaux de tous les Produits de l'Univers, en matières premières et en objets fabriqués.

Les Ingénieurs, chargés de la construction des *Calottes-Sphériques*, étudieront au préalable, avec les Industriels les plus compétents, s'il sera pratique, avantageux, de les établir sur de *Vastes-Sous-Sols*. Elevés, bien sains, largement éclairés et ventilés, ces Sous-Sols seraient destinés à recevoir tout ou partie des objets entreposés, que les Nations habitant le terrain supérieur auraient ainsi constamment sous la main.

Cet *Entrepôt fractionné*, desservi par plusieurs chemins de fer souterrains, ne pourra nuire à l'ensemble de la décoration. Il deviendra rapidement le PREMIER ENTREPOT DU MONDE. Il sera bientôt le Centre d'un immense *Commerce International*, et une source incalculable de Richesses, croissant chaque année, au profit des Actionnaires-Fondateurs et de la France entière.

Ce Centre Commercial sera au Point Central d'une future Ville, qui deviendra bientôt, elle aussi, la PREMIÈRE VILLE DU MONDE !

Si les frais d'installation, ainsi conçus, devaient être trop considérables, on pourrait, sans inconvénient, transporter l'Entrepôt sur un autre point de la surface consacrée à l'Exposition. On pourra ainsi l'agrandir plus facilement, si, comme il est probable, son étendue première devenait trop restreinte.

La TOUR-KILOMÉTRIQUE elle-même (400 mètres de long — 300 mètres de large —

un kilomètre de haut) sera bientôt trop étroite.

Artistement édifiée — Rêve insensé, pour tous nos Ingénieurs, pour tous nos Artistes ! — son succès sera colossal.

A elle seule, elle sera une VILLE-AÉRIENNE, aux cent étages superposés, desservis par des Ascenseurs - Centraux, immenses — une Ville complète, gigantesque, — une Ville unique au Monde, par son genre insolite.

Tous l s riches Voyageurs de l'Univers viendront y passer une saison ; — les moins fortunés v ndront coucher, au moins une fois dans le vie, dans ses magnifiques Hôtels — aller ses Théâtres, à ses Concerts — entendre s Comédiens les plus renommés, ses sava s Conférenciers — et jouir des mille Distr tions instructives, toujours variées, qu'elle rira sans cesse à ses fidèles Habitants..., ses fidèles Visiteurs.

A ces Hôtes de quelques semaines, de quelques jours, aj tez les innombrables Curieux d'un instant.

Tout cela sera payé chaque jour, en pluie d'Or, aux Actionnaire Fondateurs.

Tout cela durera éte ellement !

Quelques années après la construction de notre TOUR-KILOMÉTRIQUE, une VILLE-NOUVELLE surgira, comme par enchantement, à ses pieds, au-delà de l'Exposition.

Cette Tour deviendra la cause d'une fortune inespérée pour les heureux Propriétaires voisins, qui verront les moindres parcelles de leurs propriétés centupler aussitôt de valeur.

La VILLE-NOUVELLE acceptera, peu à peu, les mœurs harmoniques, dilectives de l'ORDRE - NOUVEAU. Elle sera vraiment la VILLE-LUMIÈRE. Elle laissera Paris dans l'ombre, un instant — mais Paris ressuscitera bientôt, transformé, plus glorieux que jamais, quand il sera devenu, à son tour, *socialement Dilectif !*

On trouve notre projet trop grandiose, aujourd'hui. — Nous pouvons affirmer, sans craindre de nous tromper, qu'il ne sera pas achevé, sans avoir été trouvé trop mesquin... sans avoir été encore amplifié.

Entre temps, les jeunes Pupilles de la Ville de Paris grandiront, dans les vastes triangles qui leur sont réservés, entre les CALOTTES-SPHÉRIQUES et la périphérie du terrain — ils grandiront pour prouver que notre Rêve n'est pas une Utopie — pour prouver qu'il est possible de fonder une *Commune-Modèle*, une COMMUNE-HARMONI-QUE, qui sera le Germe de l'UNIVERSELLE-HARMONIE...

Et la France, bénie, reprendra son rang, parmi les Nations, qu'elle inondera de Richesses, de Lumière et de Vie.

C'est pourquoi nous pensons que l'Etat aurait un intérêt considérable, absolu, à offrir, à TITRE-GRACIEUX, l'une de ses plus vastes forêts, aux Fondateurs et au Comité-Directeur, qui feront une *Réalité-Prochaine*, de ce qui n'est encore, aujourd'hui, qu'un *Rêve-d'Avenir* — l'Etat, qui verra dans le courant du XX° Siècle... au plus tard, dans le Siècle suivant... la fin des Guerres intes-tines, la fin des guerres internationales, cause de Ruine pour lui-même et,pour ses administrés.

Est-ce que la Richesse répandue par-tout... est-ce que la Paix, la Fraternité, le Bonheur, régnant partout sur la Terre, ne l'indemniseront pas, cent fois, de ce léger sacrifice ?

Au surplus, que ce soit l'Etat, Paris, ou

un Département voisin, qui procure le Terrain... peut nous chaut. Ce sera le plus
intelligent, le plus généreux, le plus em-
pressé, qui remportera la Victoire !

*L'Occasion est unique ! — Il ne faut pas
la manquer.*

C'est la France ressuscitée, émancipant
le Monde, par la Fraternité !

* *
* *

Après avoir lu quelques-uns de nos articles, un Incrédule — peut-être ébranlé dans
son Incrédulité — nous a dit :

« Ce ne sont pas des *Millions* — ce sont
« des Milliards — qu'il faudrait consacrer
« à votre Rêve, s'il devait se réaliser. »

Nous avons répondu :

« *Ce* Rêve *est écrit en lettres d'Or, au
« fond du* Cœur de chacun de Nous *! —* il
« Sommeille...

« *Mais il ne s'Eveillera jamais dans une*

« Société Pétrie, Gangrenée d'Egoisme-
« Exclusiviste, — dans une Société ayant
« besoin de Magistrats, de Gendarmes...,
« de Bourreaux !... pour faire respecter ses
« Propriétés, sa Morale et ses Lois ! »

                                    ZIM.

RÊVE D'AVENIR

IX

Les Bénéfices. — Les Millions nécessaires.

Dans un article précédent nous avons dit que deux conditions principales étaient, tout d'abord, indispensables à remplir, pour assurer les Bienfaits que nous espérions obtenir de la création grandiose d'un *Etablissement modèle d'Instruction et d'Education attrayantes*, annexé à une *Exposition permanente*, et lancé dans la *Voie Dilective*.

En premier lieu, la Vulgarisation par la Presse de cette Idée encore peu répandue — ensuite sa mise en pratique, avec le concours d'une Société financière, chargée de réunir les capitaux nécessaires.

Dans nos deux derniers articles, le rapide

aperçu, que nous avons donné sur le côté matériel de l'Exposition, a mis en relief, avec une incontestable évidence, les Millions annuels qui viendront tomber, en pluie d'Or, dans la caisse des Actionnaires-Fondateurs.

Ils tomberont de trois sources principales : de l'Expositon proprement dite — de l'Immense Entrepôt, dont nous avons parlé — et de la Tour-Kilométrique, qui en sera le Clou-Central.

Les Actionnaires feront, tous, une excellente affaire. Ce sera pour eux, avons-nous dit, un Placement de bon père de famille — un Placement qui n'aura pas de fin.

Rappelons ici les Economies considérables qu'ils réaliseront, par le seul fait qu'ils agiront sur une grande échelle.

D'un autre côté, il est certain que tous les Français, tous les Curieux, tous les Voyageurs du Monde entier, viendront, pendant plusieurs Siècles, apporter une part de leur superflu à cette Exposition d'un genre nouveau.

Tous les hommes de Science, en vue de leurs études, tous les Industriels, en quête de matières premières à acheter, en quête de produits à confectionner ou à vendre, viendront y chercher, moyennant une juste rémunération, les renseignements qui les intéressent, et qu'ils y trouveront centralisés, dans un très minime espace de terrain.

Tous les Philanthropes dévoués, tous les Riches vaniteux, lui feront des dons généreux, pour illustrer leur nom dans la postérité. Il suffira que la mode tourne de ce côté pour que les dons surabondent.

Toutes les Nations du Globe, pour développer leur Commerce, s'empresseront d'y envoyer à l'envi, leurs produits les plus précieux pour les soumettre au jugement de l'Univers entier, qui nous viendra visiter.

Elles rivaliseront d'entrain, pour gagner le Record dans cette Joute de Géants, — joute pacifique, qui, dans son genre, pourra servir, un jour — plus tard — quand le milieu sera transformé — quand l'Egoïsme sera devenu Dilectif — à organiser aussi l'Universelle Harmonie.

Rappelons ici, que, pour venir en aide aux Actionnaires-Fondateurs, une Loterie nationale pourrait, comme nous l'avons dit, ajouter ses recettes, à leurs souscriptions premières ; que la Presse, dont le Dévoue-

ment désintéressé est acquis à toute grande
œuvre nationale ou humanitaire, pourrait,
de son côté, à titre gracieux, opérer le placement de ces billets.

Rappelons encore que le concours de
l'Etat, non plus que celui de la Ville de
Paris, ne saurait faire défaut à cette entreprise patriotique, fondée sur le Sol Français,
pour le Bien-être de tous. L'un et l'autre
sont trop intéressés à sa réussite, pour ne
point lui venir en aide.

Cependant, si à tort, *notre Rêve* paraissait
être prématuré — s'il paraissait trop grandiose — si l'on hésitait à le réaliser, avec
le nombre de Millions que nous allons indiquer, nous espérons, du moins, qu'on voudra bien lui consacrer une somme plus
faible... sauf à obtenir aussi de plus faibles
résultats.

Nous défions le Conservateur le plus im-
mobiliste — nous défions le Novateur, le
Révolutionnaire le plus fanatique — nous
défions le Financier, le plus timoré, de
trouver quoi que ce soit, dans notre projet,
qui porte préjudice à ses intérêts actuels —
qui puisse porter préjudice à ses intérêts
dans l'avenir.

Le Monde, aujourd'hui, est assez Riche,
assez Savant, assez Industrieux pour Faire
Grand, *du premier coup.*

Que l'on consacre — une fois pour toutes
— à cette entreprise (l'Exposition-Univer-
selle-Permanente et l'Etablissement modèle
d'Instruction attrayante) un nombre de Millions égal *à celui que nous donnons,*
chaque année, au *Ministre de la* Guerre —
et ces Millions produiront, en leur temps,
cent pour un.

Mais — qu'on ne l'oublie pas — si on sème
le *Vent,* on récoltera la Tempête !

— Si on sème l'*Egoïsme - Exclusiviste,*
dans notre Etablissement d'Education, on
récoltera les Fléaux-Limbiques, qui en sont
le logique et fatal apanage.

— On récoltera l'*Indigence, les Vols, les*
Assassinats, les Jalousies, la Fourberie,
le Cercle-Vicieux, l'Oppression, les Mitrail-
leuses, le Carnage, etc..., etc..., qui n'en
sont qu'une faible partie.

— On récoltera tous les Fléaux-Limbiques,
qui, par un Cercle-Vicieux, éternellement
insoluble, s'entretiennent dans les Mœurs
par la Légalité ! — s'entretiennent dans la
Légalité par les Mœurs ! !

Les Fléaux-Limbiques falsifient la nature humaine. Ils aboutissent, en dernier ressort, pour toutes les Nations, à la Haine inextinguible, à la Ruine, à la Banqueroute menaçante... à des Milliards de Dette !... à des Millions de Soldats !! croissant de jour en jour, pour se réciproquement carnager !!!

Il en est ainsi, parmi nous, aujourd'hui :

C'est la Folie *qui gouverne* le Monde !

C'est la Folie de l'Egoïsme-Exclusiviste... avec ses misères, ses hypocrisies et ses crimes !!

Si, au contraire, on sème, dès l'origine, dans le Cœur de nos élèves, dans un Terrain bien préparé, l'Egoisme-Altérutrique — la Dilection-Réciproque — c'est une Folie, d'un autre genre, qu'on ne saurait comprendre aujourd'hui — c'est une Folie, comme celle de l'Amant pour sa Maîtresse... comme celle de la Mère pour ses Enfants — c'est la Folie du Sacrifice, du Dévouement à la chose commune — la Folie de la Richesse, créée par tous et pour tous...

C'est la Folie de l'Egoisme, a son maximum...

C'est la Folie de l'Egoïsme-Dilectif...

— C'est la Folie de l'Amour-Universel, *qui régnera sur le Monde* !

Ainsi sera Réalisé le Vœu temporel, le plus cher de Jésus-Christ : Le Royaume de Dieu sur la Terre ! !

Beaucoup, peut-être, ne comprendront point ces choses.

Le Bien, ainsi que le Mal sont contagieux ; mais nous croyons même davantage à la Contagion du Bien, parce que, pour nous, le Bien, c'est le Dévouement, c'est la Dilection, c'est le Bonheur absolu.

C'est une question d'Education dans un Milieu Economique et Moral, Riche, Attrayant et bien Organisé.

Il faut donc fonder l'Altérutrisme, qui seul contient, le Bien, en potentialité, dans ses flancs.

Quel placement ingénieux, pour les Capitaux Français !

Quel plus lucratif — quel plus bel emploi, peut-on donner à des Millions — et pour Soi — et pour le Bonheur d'autrui !

Zim.

RÊVE D'AVENIR

X

L'Amour. — L'Honneur. — L'Argent.
Appel aux Financiers.

On ne peut arguer, contre notre projet, du préjudice qu'il portera à l'Exposition Officielle. C'est le contraire qui est la vérité. — Il en doublera, il en triplera le succès. — Il sera un honneur de plus pour la bienvenue du Siècle prochain. — Ensuite il restera Permanent, — il restera Permanent... *avec tous ses Bienfaits !...* quand l'Exposition Officielle n'existera plus.

Au surplus, il n'est nul besoin que les centaines de Millions nécessaires soient versés en une seule année. Il s'agit d'une œuvre de longue haleine. Un fractionnement, en quinze, vingt, et même vingt-cinq ans, ne présenterait aucun inconvénient.

On proportionnerait les travaux aux rec -
tes. Quelques années de plus ou de moi,
seront choses d'intérêt secondaire.

Les bénéfices considérables de l'Exposition, de l'Entrepôt, de la Tour-Kilométrique,
seront immédiats.

Après vingt-cinq ou trente ans, peut-être
même plus tôt, l'Etablissement d'Education
destiné à former la COMMUNE-MODÈLE com-
mencera à se suffire à lui-même. Il n'y aura
plus besoin de lui venir en aide.

A cette époque, il fera Progéniture — et,
plus tard encore, ses rejetons s'étendront
de proche en proche, pour couvrir le sol
de *Rameaux Harmoniques*, de COMMUNES-
MODÈLES NOUVELLES, aux fruits abondants et
savoureux.

Il est bon de rappeler ici, que nous
sommes un terrain neutre d'Economie Sociale — un Juste-Milieu d'Harmonie, dans
lequel viendront, sans pleurs et grincements
de dents, se confondre et s'éteindre, dans
un fraternel embrassement, les Haines et
les innombrables Fléaux qui sont le triste
apanage de l'Egoisme-Exclusiviste.

Nous voulons rester dans cette ère se-
reine. C'est pourquoi, comme nous l'avons

déjà déclaré, nous laisserons de côté la Politique et la Religion, qui contiennent dans leurs flancs des Tempêtes — souvent teintes de sang ! — qu'il convient d'écarter.

Quant à notre Harmonie-Dilective, on ne saurait la payer trop cher. — On nous a déjà dit qu'il faudrait y consacrer des Milliards, si l'on était certain de l'obtenir. — Nous avons répondu... et nous répondons encore... qu'elle est inscrite en lettres d'Or, au fond du Cœur de chacun de Nous et qu'elle attend !...

Pour la faire surgir, y a-t-il le moindre Germe de Révolution à redouter ? — Non.

Il y a simplement Expérience à faire — Evolution pacifique à tenter, au moyen d'un Etablissement modèle d'Instruction attrayante — Evolution qui coûtera, une seule fois, à l'origine, quelques Centaines de Millions, qu'on pourra morceler, et qui auront chance d'être centuplés dans l'avenir.

Quelle que soit la somme qu'on juge à propos d'y consacrer, plus on Sèmera, avec Intelligence, plus on Récoltera.

A côté de la question d'Argent, est-ce que la question d'Honneur restera sans écho ?

Est-ce que les Financiers, qui aiment à voir la Croix de la Légion d'Honneur attachée sur leur poitrine, resteront insensibles à la Considération, à la Gloire qui s'attachera au titre de *Fondateur de l'Harmonie Universelle ?*

Est-ce que l'Estime et la Vénération de leurs concitoyens ne doivent pas peser sur eux d'un plus grand poids qu'un hochet de vanité, qu'on donne quelquefois à qui ne l'a pas mérité?

Est-ce qu'ils compteraient pour rien la Satisfaction de leur Conscience, heureuse des Bienfaits qu'ils verraient se multiplier sous leurs yeux !

Est-ce que le Plaisir de suivre chaque jour pas à pas le développement de leur Famille adoptive ne centuplera pas pour eux les Voluptés de la Paternité !

Est-ce qu'ils ne sentiront pas leur Esprit se gonfler d'Orgueil — leur cœur se fondre dans l'Amour Universel — lorsqu'ils iront applaudir aux progrès incessants de ces Enfants d'un genre nouveau — de ces Enfants qu'ils auront engendrés avec le Cœur, avec l'Esprit, avec l'Argent !

Ils seraient en dehors de l'Humanité, s'ils n'avaient ces faiblesses.

Chacun d'eux dira : « C'est là mon ouvrage ! ».

Ils seront les RÉGÉNÉRATEURS DU MONDE !

Heureux mortels ! — Ils auront pour eux : l'Amour — l'Honneur — et l'Argent !

Ils auront pour eux l'Amour, l'Honneur et l'Argent, s'ils fondent l'EXPOSITION UNIVERSELLE permanente, et l'ETABLISSEMENT MODÈLE D'INSTRUCTION ATTRAYANTE que nous proposons à nos concitoyens d'implanter sur le Sol généreux de la Patrie... de la République Française.

*
* *

Et voilà comment la parole du Christ : « *Les Derniers seront les Premiers* »,[1] sera réalisée par les Pupilles de la Ville de Paris.

Grâce au concours de Financiers intelligents — Grâce au désintéressement de la Presse, — Grâce à des Professeurs dévoués...

— Ces Petits, ces Humbles seront « *le*

___

[1]. — Matthieu, XX, 13.

Levain qui fera fermenter la pâte »,[1] dont se nourrira l'Humanité dans l'avenir ;

— Les Deshérités, les Parias de ce Monde seront « *le Sel qui ne doit pas s'affadir* » — « *la Lumière du Monde, qui doit luire* « *devant les Hommes, pour les Eclai-* « *rer* ».[2]

— Ceux qu'on insulte aujourd'hui, en les appelant des Bâtards, seront « *le Grain de* « *Sénevé qu'on confie à la terre, petite* « *plante qui devient bientôt un grand* « *arbre, de sorte que les oiseaux du Ciel* « *viennent se reposer sur ses bran-* « *ches* » ; [3]

Notre ETABLISSEMENT MODÈLE D'INSTRUC-TION ET D'EDUCATION ATTRAYANTES, LANCÉ DANS LA VOIE DILECTIVE, pourra alors se comparer au TRÉSOR dont parle l'Evangé-liste Matthieu, quand il dit :

« Le ROYAUME DES CIEUX est *semblable à* « *un* TRÉSOR *caché dans un champ, qu'un* « *homme a trouvé et qu'il cache ; et, dans* « *la joie qu'il ressent, il va vendre tout ce* « *qu'il a, et achète ce champ.* » [4]

---

(1). — Matthieu, XIII, 33.
(2). — Matthieu, V, 13, 14, 15.
(3). — Matthieu, XIII, 31, 32.
(4). — Matthieu, XIII, 44.

Certes, nous ne demandons pas à nos concitoyens de vendre tout ce qu'ils ont, pour fonder un Etablissement Modèle d'Instruction attrayante ; mais nous pensons qu'ils feraient un acte plein de Sagesse, s'ils voulaient bien y consacrer UNE SEULE DES ANNUITÉS *qu'ils confient, depuis si longtemps, à leur* MINISTRE DE LA GUERRE.

Chacun sait pourquoi !

Avec cette largesse, notre ETABLISSEMENT *organiserait, à sa façon,* un ROYAUME DE DIEU SUR LA TERRE !

Ce ne serait pas la même chose !!

*
* *

Si le Monde « *avait de la Foi comme un Grain de Sénevé* » — de la Foi en L'AMOUR ET SA VERTU (Vertu veut dire Puissance) — « *rien ne lui serait impossible !* » [1] — il y a longtemps que RÊVE D'AVENIR *serait une* RÉALITÉ !!

ZIM.

---

[1]. — Luc, XVII, 6. — Matthieu, XVII, 19.

RÊVE D'AVENIR

XI

Le Grand Combat. — L'Apothéose.

Jésus-Christ exécrait l'Egoisme-Exclusiviste. Il exaltait l'Egoisme-Dilectif et ses dernières conséquences.

Ses plus violentes invectives (Races de Vipères — Sépulcres blanchis ! etc.), ses paraboles les plus gazées vont frapper au cœur le puissant, le riche vaniteux, l'Egoiste-Exclusiviste et ses hypocrisies. Entre cent, nous en citerons un seul exemple.

« *Il disait à ses disciples, en présence de*
« *tout le peuple qui écoutait :*
« *Gardez-vous des Scribes qui affectent*
« *de se promener en longues robes, qui*
« *aiment à être salués dans les places pu-*
« *bliques, à occuper les premières chaires*
« *dans les Synagogues et les premières*
« *places dans les festins ;*

« *Qui, sous prétexte de leurs longues*
« *prières, dévorent les maisons des veuves.*
« *Ces personnes en recevront une condam-*
« *nation plus rigoureuse.* » [1]

Ces Scribes étaient des Egoïstes, comme
le Figuier sans fruit, de la Parabole racon-
tée en quelques lignes, par l'Evangéliste
Matthieu.

« *Le matin, lorsqu'il (Jésus) revenait de*
« *la ville, il eut faim ;*

« *Et voyant un Figuier sur le chemin,*
« *il s'en approcha ; mais n'y ayant trouvé*
« *que des feuilles, il lui dit : « Qu'à jamais*
« *il ne naisse de toi aucun fruit ; »* et au
« *même instant le Figuier sécha.* » [2]

En maudissant ce Figuier, Jésus maudis-
sait tous les Egoïstes, qui veulent garder
pour eux seuls tous leurs fruits. Il les ex-
communiait ; il les chassait de SA SOCIÉTÉ
DILECTIVE, qu'il rêvait devoir devenir CA-
THOLIQUE, c'est-à-dire UNIVERSELLE. Il esti-
mait que ce genre d'Egoïstes doit disparaî-
tre à jamais de toute Société bien organi-
sée.

Un mot déjà cité illumine la Doctrine du

---

(1). — Luc XXII, 45, 46, 47.
(2). — Matthieu, XI, 18, 19.

Grand Novateur : « DILIGEZ-VOUS ALTÉRU-
TRIQUEMENT », autrement dit : « *Aimez-vous
les uns les autres avec Dilection* ».

De l'AMOUR — ENCORE DE L'AMOUR — TOU-
JOURS DE L'AMOUR !

« *J'ai encore d'autres brebis qui ne sont
« pas de cette bergerie ; il faut que je les
« amène. Elles écouteront ma voix, et il
« n'y aura qu'un Troupeau* (L'HUMANITÉ),
« *et qu'un seul Pasteur* » [1] (L'AMOUR !).

C'est cet Amour que, sous les formes les
plus variées, il enseignait sans cesse dans
Son Evangile — dans *Sa Bonne Nouvelle*
— c'est la DILECTION-ALTÉRUTRIQUE — c'est
l'ALTÉRUTRISME, pour tout dire en un mot.

Marc nous apprend, en ces termes, qu'il
promettait des Richesses centuplées, à quiconque voulait l'écouter et le suivre dans la
Voie Evangélique :

« *Alors, Pierre prenant la parole lui
« dit : « Pour nous, vous voyez que nous
« avons tout quitté, et que nous vous
« avons suivi.* »

« *Jésus répondit : « Je vous dis en vé-
« rité, personne ne quittera, pour Moi et*

---

[1]. — Jean, X, 16.

« *pour l'Evangile, sa maison, ou ses frères,*
« *ou ses sœurs, ou son père, ou sa mère,*
« *ou ses enfants, ou ses terres,*

« Que, Présentement, dans ce Siècle
« même, *il ne reçoive* Cent fois autant *de*
« *maisons, de frères, de sœurs, de mères,*
« *d'enfants, et de terres, avec des persécu-*
« *tions, et dans le Siècle à venir, la vie*
« *éternelle.*

« *Mais plusieurs qui auront été les Pre-*
« *miers seront les Derniers ; et plusieurs*
« *qui auront été les Derniers seront les*
« *Premiers.* » [1]

Ce dernier point, je le crois volontiers.
Dans l'Ordre, dans le Royaume Nouveau,
ce sera nécessairement le contraire de ce
qui se passe dans le Royaume de ce Monde.
Ce sont les Dilectifs, les Dévoués, qui, en
toutes choses, auront le premier rang, dans
le cœur de leurs concitoyens. Tous seront
cent fois plus riches ; mais les Exclusivistes
occuperont la dernière place ou disparai-
tront... sauf à se Transformer.

C'est en torturant les textes évangéliques,
par des explications erronées, qu'on fit passer

---

(1). — Marc, X, 29, 30. 31.

pour partisan de la Pauvreté, celui qui promettait des Richesses centuplées à quiconque suivrait sa Doctrine.

Ailleurs, il promet à ses disciples les mêmes Richesses, sous une autre forme.

« *Recherchez premièrement* LE ROYAUME « DE DIEU ET SA JUSTICE, *et les biens de ce* « *monde vous seront donnés par sur-* « *croît.* » [1]

L'apôtre de l'Amour a pu dire encore avec raison :

« *Venez à moi, vous qui êtes fatigués...* « *Prenez mon joug... Car mon joug est* « *doux et mon fardeau est léger.* » [2]

Nous qui sommes fatigués des Crimes de ce Monde, de ses turpitudes, de ses hypocrisies, nous demandons instamment qu'on instaure à sa place ce que Jésus appelait LE ROYAUME DE DIEU ET SA JUSTICE.

Nous demandons qu'on prenne pour levier cette Puissance inconnue, cette Puissance merveilleuse, non encore socialement expérimentée, l'ALTÉRUTRISME — la RÉCIPROCITÉ DILECTIVE — pour conquérir l'Univers.

---

(1). — Matthieu, VI, 31, 32, 33.
(2). — Matthieu, XI, 28, 29, 30.

L'ordre Social actuel appelé Civilisation est, dans les *Questions Economiques* qui sont transitoires, modifiables, basé sur l'Egoisme-Exclusiviste.

L'Ordre Naturel, au contraire, dans les *Questions Affectives*, qui sont éternelles, immuables, appelle l'Egoisme-Inclusiviste et la Dilection qu'il engendre.

Le Temple Moral, créé par Jésus il y a dix-huit siècles, est resté un *Temple Individuel* Altruique. Il n'a jamais pu devenir le *Temple Social* Altérutrique, qu'il avait rêvé devoir se construire immédiatement.

Pourquoi?... Pourquoi?

Dans l'Ordre actuel, *dans la Civilisation*, dans le Royaume de ce Monde, ces choses : Inclusivisme-*Affectif*, Exclusiviste-*Economique* hurlent d'effroi de se voir accouplés.

Que chacun regarde autour de soi, et même dans l'Univers entier :

> « Le Sang nous réunit ;
> « L'Intérêt nous sépare. »
>
> (Lafontaine).

Ceci doit tuer... Ceci a tué... Ceci tuera Cela !

Et cela est logique.

« Il faut Vivre d'abord — ensuite Philosopher. »

(Proverbe latin).

Nous sommes dans l'ENFANCE DE L'HUMANITÉ.

Elle est restée Exclusiviste... Brutale... Inexpérimentée.

Dans l'Ordre Nouveau, que nous appellerons : ALTÉRUTRISME — que nous appellerons aussi, indifféremment, selon les termes, selon l'Esprit Evangélique : LE ROYAUME DES CIEUX, ou bien LE ROYAUME DE DIEU, SUR LA TERRE, les *Questions Economiques*, et les *Questions Affectives* seront, les unes et les autres, harmoniquement basées sur l'ÉGOISME-INCLUSIVISTE, — sur l'*Amour qu'il engendre et qui centuple toutes choses.*

Ce sera l'APOGÉE, l'AGE VIRIL DE L'HUMANITÉ.

Ici seront le Bien — la Lumière — et la Vie.

Là se trouvent le Mal — les Ténèbres — et la Mort.

Gigantesque, effroyable, peut devenir le Combat du Bien contre le Mal — de la Lumière contre les Ténèbres — de la Vie

contre la Mort — nous voulons dire : de la
Dilection-Sociale contre l'Egoisme-Exclusiviste — de l'Amour contre la Haine — de
la Richesse universelle contre la Pauvreté !

Inoffensif et plein d'attraits peut devenir
ce Combat, si l'on pratique la Doctrine
temporelle de Jésus, l'apôtre de l'*Amour
Réciproque*. de l'ALTÉRUTRISME — de Jésus
qui a dit : « *Prenez mon joug, car il est
« doux, et mon fardeau est léger* ».

Alléger le fardeau et les douleurs de
l'Enfantement — provoquer sans crise la
Renaissance, la RÉSURRECTION-SOCIALE, tel
est le rôle qui sera réservé à notre Etablissement d'Education Attrayante, lancé dans
la Voie-Dilective.

Renaissance, Résurrection Sociale ! —
Question délicate, laborieuse entre toutes !
car dans le Monde entier — aussi bien entre
les Nations, qu'entre les Individus — la
Lutte prend aujourd'hui une tournure menaçante.

Pour terrasser le Mal — pour ne pas
patauger éternellement dans le bourbier
des Fléaux-Limbiques — pour remporter
la Victoire dans le Bon Combat — il faut
être armé jusqu'aux dents. — Il faut qu'on

soit assez Puissant — assez Attractif, pour absorber peu à peu l'ennemi : l'Exclusivisme ambiant.

C'est pourquoi nous demandons que l'on consacre à cette œuvre d'un suprême intérêt, UNE SEULE DES ANNUITÉS, *que nous donnons, depuis si longtemps,* AU MINISTRE DE LA GUERRE, *pour mitrailler nos semblables !*

Grâce à cette somme, on pourra, sans danger, tenter avec succès, *par des Expériences multiples,* LA RÉSURRECTION SOCIALE, avec les Pupilles de la Ville de Paris.

.·.

Et plus tard — quand les temps seront venus — ces Petits, ces Humbles, ces Parias d'aujourd'hui édifieront, *sur le Sommet* DE LA TOUR-KILOMÉTRIQUE, *la Statue Gigantesque de la* **DILECTION** (200, 300 mè-

tres de haut — ce ne sera pas trop), présen-
tant au Monde sa *Fille bien-aimée :*

La FRATERNITÉ !

Ils inscriront sur le Socle, *en caractères
lumineux,* le Mot du Vrai Catholicisme-
Chrétien, temporel et social :

ALTÉRUTRISME !

AMOR ENIM OMNIA VINCIT...
...mais... mais... dans un Bon Terrain.

Avril 1897.

TABLE DES MATIÈRES

9 782019 713188